KB188391

산에 안부를 묻다

산에
안부를 묻다

방순미 시집

당진문화재단
Dongjin Cultural Foundation

새미

시인의 말

집에 있든 어딜 가든
공연히 산이 궁금하다

산이 부르는 것 같아
일하다가도 산을 간다

산에 들면
뜬금없이 무심하다

2024년
설악산 누에머리 고개에 앉아
방순미

목차

제3부 사잇길 춤을 추듯 가라

제4부 바람이려오

1부

눈물방울에 핀 꽃

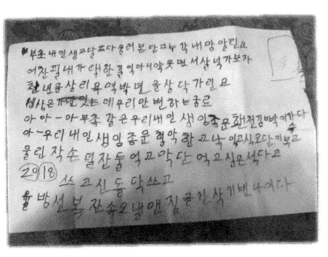

삐뚤삐뚤한 어머니의 글씨

눈물방울에 핀 꽃

꽃잎 다투어 피고 지는 봄
세상에 꽃 아닌 게 어디 있을까

삶도 그러리라

젖은 흙 한 삽 덮고
산에서 내려와

집 뜰 수척하게 핀 수선화
마주 앉았을 뿐인데 눈물이 앞선다

눈물방울에 비친 아흔아홉 송이 꽃
당신께 바칩니다

고구마를 캐며

봄에 모종을 사다 심고
자투리땅에 무얼 할까 하다
고구마 줄기 한 묶음 샀다

오십 년 만에 가뭄이라는
가혹한 해 고구마를 심어
물주는 일로 고되다

가을걷이 되어 캐보니
모종은 같았는데 어느
한 모양도 같은 것이 없다

사람이 그렇고
고구마가 그렇고

고구마와 나,
한 줄기인지 몰라

한겨울에 핀 꽃을 따라

화분에 핀 부켄베리아
나비가 날 듯 자줏빛 꽃봉오리
일제히 날개를 편다

대설에 내리는 눈발 지나
너울로 폭설을 삼켜버린
바다 넘어

아득한 허공 속으로 사라져
향기마저 보이지 않는
먼 길을 따라나섰다

은하수

여자를 보면 우주가 보인다

누군가의 어머니이었고
여자였으며 딸이자
누군가의 손녀다

별,
하나가 우주이듯

어머니가 우주고
손녀가 별이다

땅 별에 사는 여자는 이 순간도
슬픈 은하계를 만들어 가고 있다

피 강을 건너

방 안 가득 지독한 노린내
독한 약으로 소피가 핏빛이다

깊고 짙은 강 건너느라
흠뻑 적은 옷가지 빨아 널었다

숱한 발이 있어도 엉키지 않고
기어가는 노래기처럼

길게 널린 빨랫줄
사지가 바람에 자유롭다

무꽃

해마다 종자 받아서 뿌리고
거두니 모종을 사는 일이 없다

신문 종이에 싸매 준 무씨
산밭에 심었더니 꽃이 피고
벌 나비 떼 날아든다

하얗게 꽃물결 치는
봄

그분 겨드랑이 향기 파고들어
신열이 난다

헛농사

동막골 산촌 상강이면 감 천지다
농사를 짓겠다고 허름한 밭뙈기를 샀다

대봉감 나무 백 그루
수놈도 열 그루 심었다

몇 해 지나 노랗게 떨어진
감꽃으로 흙이 보이지 않았다

때가 되어 수확하길 기다리는데
간밤 서리가 내려 밭엘 갔다

말뚝만 한 감은 없고
염주 알 꿰어 놓은 듯
나뭇가지가 휜 고욤

소피도 아까운 여자

헛간 구석 오줌통 하나 놓고
밖에서 일을 보다가도 집으로
올 때까지 참고 그 통에다 눈다

허연 거품이 생기고
젓갈 삭히듯 곰삭으면
텃밭 걸음으로 쏜다

상추 부추 고추 오이 호박
바리바리 싸주시던 푸성귀
오줌 줄 마르자 텃밭도 사라졌다

활을 당겨놓고

활 등처럼 흐르는 남대천
강변에서 궁을 배운다

활줄 당겼다 놓으면 꼬꾸라져
돌아오게 줄을 묶어 놓았다

어느 날 잡아맨 끈 슬그머니
풀어버리고 힘껏 당겼다

촉발하듯 날아간 것은 무엇이며
꽉 잡은 이것은 무엇인가

팽팽하게 버텨야 사는
활과 화살

눈물

외롭고 지쳐 힘들 때
볼을 타고 흐르는 물

몸 진액을 짜
투명하게 보여주던

돌아보면 나에게 진실은
눈물이었다

생각할수록 아픈 사람

핏줄에 매어
평생 뼈를 깎고
피를 말리고도 모자라
목숨까지 바치려 한다

물보다 더러운 피에 속아
몸 팔러 나가는 당신

너무 늦기 전에 돌아오시오

주머니 없는 옷

몸 가늘어 허리 잘록한 치마
한 번 입어보지 못했다

풍성한 몸짓 탓에
옷 사면 수선집 먼저 달려간다

여유 천 없으니 주머니 뜯어
겨드랑 밑 덧대면 품 헐렁한
박스형 원피스

주머니 없는 수의
이미 익숙하다

아픈 발톱

탈이 난 발톱 의사는 뽑자는데
백반 넣고 봉숭아꽃물 들이면
발톱이 나을 거란 말을 들었다

여러 날 밤잠 설치며 동여맸지만
백반으로 새까맣게 살갗은 타고
병든 발톱에는 아무런 반응이 없다

죽은 나무에 물을 주었나
만지면 바스러질 뿐
발톱은 먼 길을 가고 있다

순산

꽃이 피고 지는 일
스스로 하는 것 없듯

차오르면 의지와 상관없이
내가 할 수 있는 게 없다

만삭인 딸
가시 선인장꽃이 피는 일

서로 다르지 않음을
딸애는 아직 모르리

꽃이 필 때 우주의 힘
꽃으로 달려들 듯

아이를 낳을 때 꽃잎 열 듯
득달같이 달려오겠지

생글거리는 봄

봄까치꽃 주근깨처럼 핀
들녘 봄볕 숨어 벙긋거린다

참죽나무에 앉아 엿보는 까치
새는 내려보고 꽃은 올려다보며

꼬리 촐랑대는 까치처럼
눈길 바쁜 봄이다

연두 잎 맑은 물길

숱한 방랑의 길
산과 함께 지냈다

습기 가득한 계곡 반딧불이
한 마리 날아와 숲을 난다

어디선가 휘파람 소리가 들려
두리번대다가 나뭇잎에 뺨을 후려 맞았다

잎사귀엔 맑은 잎맥
뚜렷한 길이 나 있다

연두 잎 물길처럼 환한
길 위에 언제 서게 될까

청노루귀 너를 보면

떡갈나무 낙엽 뚫고
오롯이 핀 꽃

보고 싶은 사람
만난 것처럼 따뜻하다

기약 없는 만남
꽃처럼 다가온 이별

태몽

당진 고지 내에서 태어나
한 자리에서 일생을 살아가시는 어머니

따뜻한 밥상 한번 해드리고 싶어
양양 집으로 모신 적이 있다

잠자리에 들고 일어나는 일
어느 것 하나 쉽지 않으셨다

어제오늘 내일
그날이 그날이었다

그래도 한 구절 빠뜨리지 않고
또렷이 들려주시는 이야기

"구렁이만 한 하얀 배얌이 발뒤꿈치를 물고
도망가는데 피가 하늘로 솟더라
그게 네 태몽이었어"

인생 모두 헛꿈이라는데
날마다 꿈꾸듯 보내신다

섰다지는 물결같이

울릉도 뱃길 허허바다
먹빛 파도 높다

히말라야 봉우리이었다가
백두대간 능선이었다가

섰다 지고 지고 서
끝없는 너울

저 한 물결
나도 섰다가는 생이라

세상의 문

마지막까지 귀를 열어
소식 기다릴 그분께

임종을 지키는 동생한테
전화 연결하여 귀엣말로

어머니,
사랑합니다
고맙습니다
미안합니다

뒤늦게 도착하여 찾아뵈니
몸은 이미 차가운 빙벽이다

2부

그리움은 먼 곳에

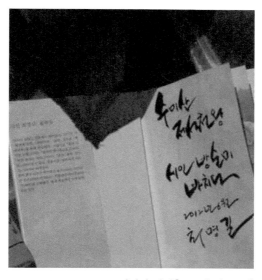

최명길 시집 [콧구멍 없는 소]

바람의 색

손 뻗어 허공 만져보면
무슨 색인지 안다

봄인지 가을인지
따뜻한지 차가운지

보이지 않는 바람
알아차리는 것은

몸,
뉘가 바람인 거야

콧구멍 없는 소와 수미산

몇 해를 서원하던 수미산
혼자 떠나게 되었다

티베트 비단 하나를 구해
함께 가자, 하시던 스승
찾아뵈니 먹을 갈고 계셨다

서원을 담아 주시면
성산에 걸어 둘 생각이었다
온 힘을 기울여 붓을 그으셨다

나를 먼저 걱정하셨는지
'무사귀국'이라고 쓰시곤
시집『콧구멍 없는 소』를 쥐여 주셨다

그 안에는 수미산 제석천왕께
바친다는 글이 씌어있었다

문을 나서려는데

"그것 가지고 가면 다음 생에 태어나
내 동자승 될 터인데…."

난, 그걸
덥석 받아 길을 나섰다

봉숭아 꽃물들이기

누군가 봉숭아 꽃잎 곱게
찧어 아주까리 잎으로 싸매
문 앞에 놓고 갔다

노을은 화로에 담긴
숯불처럼 이글거려
바라보는 가슴이 뜨겁다

첫눈 올 때까지 손톱에 남으면
그리운 사람 만날 수 있다기에
꽃물 동여매고 잠자리에 누웠다

저릿저릿한 애증
뼛속 헤집어
온 밤을 샜다

가슴 시린
쓸쓸함까지 피꽃 되어
손끝이 붉다

차박

산을 떠돌다 내려와
차 안에서 자고
차 안에서 먹고
차 안에서 술을 마신다

소낙비가 온다
가장 가까이 눈썹 위로
떨어지는 빗소리

차창 문살 타고 빗물이
폭포처럼 뛰어 내린다

호젓한 집시

이대로,
물처럼 바람처럼
살다 가리

백호바위

백운산 하얀 바위 능선
밧줄 잡고 돌 뼈다귀
오르고 내려 타기를 반나절

바위 기어오르며 풀을 잡아
뿌리째 뽑혀 간담 서늘했지만
네발로 기어 어렵사리 올라섰다

산을 다 내려와서 산봉우리 바라보니
백호 코털을 잡아 뜯었던 거라
그러고도 이 몸뚱어리 온전하였다니,

내가 범띠 계집인 줄
백호는 먼저 알아봤던 게야

엽낭게의 집

창포대 해변 금모래 위
그려진 모란꽃은 게가 집을 짓다
동글려 놓은 모래알이다

바닷물이 들면 숨어있다가
썰물 되면 나와 하루에
두 번 집을 짓는다

물로 부서지면 아무 일
없었다는 듯 다시,

한 생 집만 짓고
구멍만 파다가는

억척스러운 삶이
피워낸 꽃

승부차기

홀로 지키기엔 너무나 큰
칠점삼이 이점사사
죽음의 문에 선 아들

떡심 꽤 있어 보이는 상대 선수
붉은 유니폼을 입고 몸을 푼다

페널티 마크
핵폭탄 같은 공이 놓이고
절체절명에 선 골키퍼

심판이 손 번쩍 들고
휘슬,

유성이 떨어지는 듯한 찰나
몸 허공에 뻗더니 떨어지며
또르르 고슴도치처럼 굴러간다

숨이 멎을 듯 멈췄는데

사타구니에서 빨갛게 익은
공을 꺼내는 골문지기

바람 가득한 골망
함성 지축을 흔든다

내가, 죽어야 산다

매일 앉는 식탁 유리 밑
세계지도 펴 놓고
홀연히 떠나는 꿈 키워 왔다

조급하여 즉석 복권 샀는데
번번이 꽝이다

사고로 피투성이 되어
내가 죽었는데 길몽이라니

우주로 가는 날개
숫자 짜 끼운 복권

꿈 펜 충실한 답안 들고
꿈 파는 가게로 간다

내가,
죽어야
사는

단식을 끝내고

독주로 그간 퍼부은
술은 폭력이었다

항아리 비운다는 마음으로
물로만 달포가 지났다

씹는 것 말하는 것
조차 귀찮다

포도 몇 알로
한 달쯤

몸이 가까이
다가선 것일까

허공에 핀 꽃물
잎끝 맺힌 이슬만 당긴다

카라꽃 한 송이

인사동 골목 들어서자
꽃향기 가득하다

향기 따라 들어서니 카라꽃처럼
수줍음 찬 김영희 화백

그분 혼이 담긴 그림
고요히 들여다보니

우물에 담긴 자화상이 보이고
긴 꽃대를 따라가면 천상으로
가는 기찻길 놓은 듯하다

허공에
카라꽃 한 송이

푸른 하늘 비행기 꽁지 따라
남아 있는 연기처럼
인생 한 획으로 선명하다

말

말 줄인다 다짐해 놓고
동창들과 단체 카톡

체로 술 거르듯 술술 새
호응도 일등으로 상을 탔다

내 손으로 빚은 말

세상은 또
얼마나 더 더럽혀졌을까

산봉우리 정신

시인을 따라 언제
돌아올지 모를 백두대간을 나섰다.

향적봉 오를 때
강폭풍으로 배낭 매단 채
산등성 진흙 구덩이 속에
꼬꾸라지던 날

찬 불빛 밝혀
시 읊조리며 위로해 주셨다.

끝없는 백두대간 능선에 서서
뱃가죽은 등에 눌어붙었는데

산 지팡이 번쩍 들어 큰 소리로
"저 산봉우리 정신을 봐라"하시면
무엇에 홀린 듯 힘이 났다.

십여 년 넘도록 어루만지다 가신

시집 '산시 백두대간'

그때는 그분과 한 곳을
보고 걸어도 몰랐다.

이미 사라져 버린 별이
밤하늘 밝은 빛으로 꼬리를
길게 그으며 내 눈과 마주하듯

스승은 우주요
영원한 빛이다

달무리

보름 명절 스승을 찾아갔다
저녁 밥상 차리겠다고 하는데
폐가 되는 것 같아 사양했다

눈치 빠른 스승은
내가 배고프니
밥상을 들이라 하신다

기름칠한 음식 다 그런 거니 했는데
서거리깍두기랑 콩밭 열무김치

배부르다고 해 놓고
남의 밥그릇까지 거둬 비웠다

뱃구레 달만큼이나 차서야
바닷가로 데리고 나가셨다

모래사장에 나란히 앉아
밤하늘 바라본다

구름 틈으로 뜬 달
옆 사람을 닮았다

반지처럼 걸려있는 달무리
그 속에서 난 졸고 있었다

광장 사람들

끓어오르는 주전자 속
무엇이 담긴 걸까

광장 가득 메운 뒤통수
주전자 닮은 사람들

무슨 말 튀어나올지 모를
꼭지 하나쯤 달고

터질 듯 끓어오르는
붉은 떼거리

살 같은 꿀꿀이

송전리 벌말 공동 우물터
구정물 통 갖다 놓고
쌀보리 씻은 물 얻어 먹이던
돼지도 배고픈 시절 있었다

사료가 없어 뜨물에
풀떼기 넣어 삶아 키웠다

새끼를 낳아 팔면
밀린 육성회비도 내고
꿈을 키우며 공부하던
네겐 살가운 돼지였다

이른 아침 남양리 산골에서
팔려나가는 돼지를 보니

배고프다고 칭얼대던
살 같은 꿀꿀이 소리 또렷하다

가슴에 절집 한 채

살다 보면 절박한 선택
견디며 생긴 옹이

가슴에 저절로
절집 한 채 들어와

흰 소를 만난 듯
산사 떠도는 일 사라졌다

산에 안부를 묻다

집에 있든 어딜 가든
공연히 산이 궁금하다

일하다가도
괜히 산을 간다

산에 들면
뜬금없이 무심하다

산이
궁금하다는 것은

내 안의 나,
내가 궁금한 게야

눈총

힘이 있다고 내칠 수도 없고
눈으로만 쏘고 살았는지 몰라

눈총으로 객지 사십 년
눈가에 뼈처럼 남아

아무리 웃으려 해도 근육이
먼저 나와 거울을 보면 울상이다

총기 사라지고 힘없는데
딱딱하게 굳은 눈
비늘 같은 삶의 두께 깊다

그리움은 먼 곳에

산에 오르면 망망대해
발아래 굽어보고
울릉도 뱃길에 서면 멀리
한반도 백두대간을 본다

높이 창공에 들면
산맥처럼 흐르는 구름바다

너도 가고
나도 가고

지상에 묶여 그리운 것은
늘 멀리 있다

3부

사잇길 춤을 추듯 가라

모랫벌 그림자

달 목걸이

초저녁 뜬
손톱달 따다가
목에 걸었다

다 비운 달
벌레 먹어 숭숭한
가랑잎처럼 가볍다

모랫벌 그림자

모래알 소리 물고
한 사람이 따라온다

불현듯 멈춰 서니
그도 멈춘다

다시 걸으면
따라 걷는

아직,
떠나지 못한 사람아

이 몸 사라지고 나면
돌아갈 집은 있나요

초겨울 숲길에서

산객들로 밟힌 낙엽
쌀겨처럼 보드랍다

빗속에 갇힌 산경
수묵화 보는듯한데

말없이 비를 맞고 있는
나무 이끼나 바위

오도카니 보다 끼어들어
홀연히 빗속에 젖어 든다

바람아,

꽃대 꺾인 억새밭
다 바람의 짓이지

간밤 골목길 끌고
다니던 것도

내 안에 이는
산바람 술 바람

돌아보면 팔 할이
너였구나

낡은 자동차

자동차 이십 년 가깝게
몰고 다니다 보니
차병원을 자주 간다

오늘은 내가 아파 병원 가려고
자동차 키를 꽂아 돌렸다
가래 끓는 소리 내며 쿨럭댄다

자동차를 놓고 그대로 나서
종일 산책하다 돌아왔다

너나 나나 때가 되었다 싶으니
스멀대던 몸뚱어리 간곳없다

분꽃은 피고

뜰 앞 분꽃
한 다발 피었다

저 꽃 지고 나면
까만 열매 속

분가루 곱게 바르고
달마중하여야지

절굿공이 마주 잡고
밤새 찧을 절구 방아

노랗게 번진 달빛에서
분 냄새 향기롭겠다

바람의 섬에서

마라도 보이는 산언덕
게임을 하자는 부탁을 받았다

맨 끝 사람이 흉내 낸 것을
단어로 맞추는 놀이였다

바라볼 때는 재밌었는데
갑자기 머리가 하얘졌다

땅바닥 기면서 흉내 냈지만
전혀 감이 오지 않았다

카드를 꺼낸 정답은
도둑고양이였다

당신 곁을 떠난 내게
일갈의 몸짓인 줄 몰랐다

첫사랑

초하루 밤
달 깃에 꿰여
아픈 사랑

공항검색대

신발 모자 겉옷까지 벗고
봉으로 더듬다 못해
손으로 온몸 훑어낸다

무슨 일이냐 물으니
눈에 열이 많아
깊은 수색 해야 한다고

뼛속 숨겨 온 사랑
아무도 모를 얼음꽃
애통하게 걸릴 뻔했다

청보라 수국꽃

서귀포 언덕길 꽃집
머뭇거리다 화분 하나 샀다

해변으로 가는 순환 버스 타고
공항까지 종일 안고 다녔다

용서되지 않겠지만
섬 떠날 때 미안한 마음

꽃 언저리에 둔
푸른 수국을 놓고 왔다

낙엽

늦가을 폭풍우
찬 빗속 고꾸라지듯

하늘 덮고 날아올라
바람 치닫는 대로

춤을 추며
가는 이여

무심한 듯했지만
뼛속까지 시리다

몽돌 시인의 집

별에게 이슬에게
밤낮없는 귀향 신고

한 시인의 화단에
듬성듬성 놓인 몽돌

서로 어디서 왔는지 길
묻지 않아 고요한 정원

돌 위 작은 몽돌
다섯 발가락

뜰에 있는 성모를 향해
환한 걸음마를 뗀다

사잇길 춤을 추듯 가라

오동나무 바라보면
노랫가락 읊조리듯

바람 따라 천리를
휘돌아도 먼 줄 몰랐다

가난했던 젊은 날
엉망으로 비틀댔지만
돌아보면 빛나는 춤이었다

흥이 나면 소리보다
먼저 몸이 흔들렸지

땅과 하늘 사잇길
춤을 추듯 가라

솔담쟁이

소나무 우듬지 타고
외줄로 오르는 넝쿨

창공에 한점 찍는 순간
팽팽한 하늘 쩍 갈라지겠지

하늘 가까이 가는 그날까지
붉은 등줄기 놓지 않을 것이다

축배

산은 걷는다는
생각 없이 걷는다

하염없이 떠돌다
그리운 이를 만난 듯

잔에 술을 부어
허공을 향해 바친다

언젠가 돌아갈
본디 자리,

그날을 위해 산에서
나누는 나만의 건배

된장찌개 끓이다가

두부 한 모 잘라놓고
만리장성 돌담이 생각났다

실처럼 보이던 긴 성
두부 조각도 아닌 돌이었다

점점 뜨거워지는 땅 별
끓는 찌개 속 두부처럼

만 리를 쌓은 돌
히말라야 위 둥둥 떠다니겠다

외짝 신발

수마가 할퀴고 간 낙산해변
백사장엔 쓰레기로 산맥을 이루었다

찢어진 운동화 굽 없는 구두
코 잘린 고무신 색 바랜 슬리퍼
끈 풀린 안전화 밑창 없는 장화

떠밀려 온 나뭇등걸 위 외짝 신발
바다를 향해 나란히 앉혔다

잃어버린 주인
잃어버린 가족
잃어버린 일터

한쪽 신발 벗어 곁에 놓고
조심스레 걸어온 길 보듬어 본다

달 향기 듣는 밤

조각달 머리에 앉아
하릴없이 바라보는 항구

바닷길 가르며 가는 여객선처럼
달은 먹구름 헤치며 빠르게 흐른다

배가 바닷속으로 내려앉을 듯
보이지 않을 때까지 바라보다

멀어져가는 달 향기
허기진 밤이 하얗다

날아간 제비처럼

진흙 뭉쳐 한입 물고
벼랑이었을 처마 밑

현관 날고 들 때마다
재재하던 소리 사라졌다

어미가 그랬듯이
천 길 강물 흐르고

만 길 열리는
빛나는 여정이길

노을

능선과 구름의 경계
붉은 알 끼어들어

손도 쓰지 못한 채
순식간 허공은 피바다

4부

바람이려오

대청봉

저녁 새를 품는 산

어둠을 맞은 새가 힘껏
날갯짓하는 걸 보고

산 그림자는 길게 눕고
어둠의 숲이 내려와

갈 길 먼 새를 품어
날갯짓 보이지 않는다

모노골 소나무

집에서 한 번
건널목 없이 오르는
뒷동산 모노골

빼곡히 들어선 소나무
솔잎 끝마다 맺힌 찬 이슬
여명을 벗은 햇살에 영롱하다

미인송 곁눈질했을 뿐인데
붉은 비늘 빳빳이 세워

음기 가득한 숲
등짝 서늘한 새벽

그러고도 다녀오면
깃털처럼 가벼운 몸

이젠,
눈뜨자 그립다

드맑은 날에

인도양으로 가는 하늘길
이쪽과 저쪽이 똑같다.

바다 위에 바다
하늘 아래 하늘빛이다

천지 구별 없는
허공

대청봉 일출

새해 전야
대청봉을 오른다

눈 시린
서릿발 같은 바람

봉우리에 올라
바다를 바라본다

오동지 섣달 어판장
화덕 속 이글거리는 숯불처럼

불덩어리 떠오르자
도루묵 굽는 냄새 가득하다

허공에 기대어

만 이랑 물결 위
새하얀 해 떠오르고

산등성이 언저리
붉은 서녘 강

일없이 멈춰서
바라본 하늘

꽉 찬 듯하나
텅 빈

허공에 기대어
창공을 본다

무당벌레 보면 떠오르는 풍경

유월 대간 덕유산 길
짙푸른 산중 비가 내린다

빗물 땀범벅 능선 오르다
저편 지나온 산길 바라보니

산객 알록달록한 배낭
무당벌레가 기어오르는 듯하다

가던 길 멈춰 한동안
벌레를 보다 나를 본다

파도가 만든 마음의 산

바람 한 점 없는 육지
낙산은 파도가 거세다

모래벌판에 파도가 만드는 산봉우리
바다에서 산을 만나 종일 걸었다

봉우리를 따라 걷다 보니
킬리만자로 히말라야 설악산

아득히 걸어온
산봉우리

뒤돌아서니 올라섰던 능선
지나온 발자국 간데없다

소리 높은 파도만 남아
귀를 씻기며 따라온다

노을 역

오막살이 구들방
탯줄 끊긴 고지내

마당 곁까지 갯물이 드나들고
저녁 하늘과 바다는
노을로 붉은 강이었다

지금은 대호방조제로 막혀
바다에 숨은 파도까지 사라지고
허허로운 들판이 되었지만

바지랑대 가까스로
찾아드는 철새 떼 아직
떠나지 않은 노을이 있어

끝자락엔 태어난 자리
그곳에 머물다 가야겠다

산향기에 묻혀

돌은 뼈요
흙은 살이다

산봉우리는 눈동자요
노루목은 배꼽이다

능선은 핏줄이요
나무는 손

온몸에 돋은
솜털 같은 풀

그분을 꼭 닮은
큰 산
큰 정신

그 향기에 묻혀
산에서 자고
산에서 일어난다

킬리만자로 표범

산소 절반뿐인 키보 산장
가만히 있어도 숨이 차다

정상에서 해돋이 보겠다고
산봉우리 향해 한밤 길을 떠났다

바람 한 점 의지할 수 없는
모래 산

고소 내의까지 두껍게 입었지만
덮쳐오는 추위 그리고 졸음

그룹에 한 명 남은 안내자를 두고
나 때문에 돌아갈 수도
올라설 수도 없는 절박함에 놓였다

아랫배는 태극처럼 휘돌며 탱탱하고
갈 때 배내똥 다 싸고 죽는다고 했던가
몸뚱이 얼어붙어 손을 쓸 수 없다

도반에게 아랫도리를 맡겼다
단번에 쏟아져 내려 고산병으로
캄캄하던 길이 환하다

밤새 삐뚤삐뚤한
걸음으로 정상에 섰다

만년 빙산
푸른 절벽에 해가 비춘다

속 비워내고 올라 친
아프리카 대륙 산꼭대기

표범을 따라 겁 없이 나선
포효하는 킬리만자로

첫눈 소식

겨울이면 지천인 눈
첫눈 소식에 얼른 내달렸다

왕승골 낙엽이 발목까지
차올라 바스락댄다

오그라든 가랑잎에
눈이 녹아 고여 있다

샘물처럼 초롱한
물의 눈

밤이면 별이 뜨고
달 드리우겠다

걸어가는 바람 밧줄

광활한 티베트 벌판
흰 구름이 지상에 닿았다

아지랑이 피어오르듯
올라가는 흙바람

바람기둥 되어
광야를 걸어간다

지상과 하늘을 잇는
바람 밧줄

저 밧줄 잡아타고
설산 히말라야

흰 봉우리 속으로
숨어들어야겠다

로뎀나무

산파도 치던 갯물
함박꽃 향기 짙던 텃밭

바다는 바둑판처럼 들이 되고
작약을 가꾸던 분은 별이 되셨다

부모님이 떠난 텅 빈 집
낡은 돼지우리 다듬어
벌창말 증텍이 오라버니가
마을 카페를 열었다

나들잇길에 들러
동네 골목만 봐도
별처럼 빛나는 어린 시절

바람 불면 파도 소리 들리고
너른 작약밭이 콩밭 되었지만
황금 콩깍지가 함빡 웃는다

서녘 노을 여전히 붉고
물길 찾아드는 철새떼
가득한 하늘,

이젠 아무도 살지 않는
고향 집보다 따뜻한
로뎀나무가 그립다

인디아 꼬마 짐꾼

고산 린자니를 오르내리는 짐꾼들
어깨에 멘 통대나무 휘청하도록
양 끝에 짐 바구니 매달고 따라온다

산 지팡이 짚고 오르는
난, 빈 몸도 버겁다

칼등 같은 산 능선
땔감 주어 옆구리에 끼고
앞서가던 꼬마가
저녁밥을 지어 내놓는다

배고파 덥석 받아먹고
계면쩍어하는 나에게
아무런 일 없었다는 듯
해맑게 웃어준다

아이 젖은 눈망울이
화산 멈춘 산정 석양이 잠긴
아낙 호수보다 깊다

알라르차 계곡

산이 높아 깊은 계곡
앞을 보고 뒤돌아봐도
하늘 찌를 듯 에두른 바위산

억만년 비바람의 역사
바위 봉우리 무너져
골짜기마다 돌 강 흐른다

바늘귀만 해진 하늘 올려다보며
계곡 깊이 스며든 방랑자 발걸음
물소리에 갇혀 들리지 않는다

바람기둥

사파리 오두막에 앉아
응고롱고로 한눈에 들여놓는다

화구 턱은 거대한 능선
바닥 끝 보이지 않는 초원이다

하늘에서 내려온 밧줄처럼
화구 한복판 구름 기둥이 일어선다

아프리카 열도
신열의 불기둥

허공을 가르며
쓸고 가는 회오리

아프리카 적도의 땅
대지가 냉랭하다

아미산 시숲

오롯한 산길
햇살 수직으로 내려
눈 시린 숲

시 향기 흐르는
산 숲 시화전

새 소리 날아들고
꽃 소식 다퉈
섧도록 다정한 숲

노루 귀보다 맑은
아미산

천상의 느티나무

실핏줄 터지는
될마 고개 넘어 주트 룩

한낮을 걸어
한밤이다

고원의 밤
대지는 아직 따스하다

억만 겁
우주 이야기 쏟아지고

별이 매달린 나무 그늘 밑
여정에 묻혀 등걸잠에 든다

바람이려오

히말라야 설산 들어서면 바닷가
따개비 기어 다니는 소리 들리고
티베트 광야 지날 때
뜬구름에 물고기 비린내 난다

사시나무 잎 흔들어
파닥이는 빛 들림
몸은 지상에 꽂고
향기로 떠는 가슴

썩지 않고
역사 없는
난, 바람이려오

천불동 구름폭포

금강산 자락 잇닿은 설악산
대청봉에 올라 동해 굽어보면

공룡능선과 화채능선 속으로
꽃 같은 바위 봉우리

바다와 구분 없는
구름바다 이루면

설악산 봉우리마다
쏟아지는 폭포

구름에 가려 보이지 않는다고
없는 것 아니듯

구름폭포 속 천 불 바위
좌선에 든다

평론

방순미의 詩 · 山 · 海 · 人

방순미의 詩·山·海·人

안중국(전 월간 산 편집장)

1.詩와 산

산의 의인화는 산을 좋아하는 사람이면 종종 겪는 심리 현상이다. 산이 귀에 대고 속삭이거나 창밖 저 멀리서 손짓해 부르는 것 같은 착각은 그러나 당사자들에겐 착각일 수 없다. 그들에게 그것은 산과 주고받는 명확한 텔레파시다. 그러므로 텔레파시가 수신되는 순간 견디기 어려워진다. 산으로 가야 하는 것이다. 신새벽이거나 캄캄한 오밤중이라도.

불현듯 떠오르는 시상(詩想)이 우연일 수 없듯 산과의 텔레파시도 우연히 이루어지는 것이 아니다. 산과 열애 중일 때 비로소 그것이 가능해진다. 텔레파시가 끊어졌다면 사랑이 식은 것이다. 산이 화석화한 것이다.

방 시인은 오래도록 산과 열애해 왔다. 당진 바닷가마을에서 차녀로 태어나 여고를 졸업하기까지 매일 나서야 했던 대상은 바다가 아니라 산이었다. '헛간 구석 오줌통 하나 놓고/밖에서 일을 보다가도/집으로 올 때까지 참고' 모아두었던 그 오줌통의 오줌이 '허연 거품이 생기고/젓갈 삭히듯 곰삭으면/텃밭 거름으로'([소피도 아까운 여자]) 써야만 했던 어머니를 돕고자 매일 땔감 하러 동네 산들을 올랐다. 가난 때문이었지만 타의가 아닌 자의였고, 그랬기에 산은 그에게 일터였지만 놀이터였으며 "눈밭 위로 드러난 맹감나무 덩굴들이 만발한 꽃처럼 보이기도 했던" 환희의 근원이었다.

여고 졸업 후 20대 후반까지 서울 신촌에서 살면서도 틈만 나면 가까운 강화도 마니산부터 멀리 설악산, 속리산까지 두루 산을 찾아 나섰다. 산에 점점 더 깊이 빠져들어, 중매로 부군을 만났을 때 설악산 기슭 양양 사람이라는 데에 '혼약 가점'을 주기에 이르렀다.

결혼 후 첫 아이를 얻기 전까지 거의 매일 설악산을 찾았다. 출근길 부군이 등산로 길목까지 태워다주면 그 후 종일토록 설악 산중을 떠돌았다. 심지어는 임신해서도 설악산을 올랐다. 첫 아이 만삭쯤엔 '창가에 반듯이 누워 산만큼 높아진 배를 어루만지며 너무나 좋아'하기도 했다. 그러면서 매일 밤 산 일기를 썼다. 제목을 정해두고 글을 써 내려갔다. 산과의 교감에서 비롯된 감흥이 일기를 쓰며 되살아났고, 글은 절로 날개가 달리고 운율로 춤추었다.

산기슭에 다다라 산을 오르기 시작하노라면 온갖 상념이 버글거리며 머릿속을 채운다. 서서히 숨이 가빠지다가 턱에 차오를 즈음이면 어느덧 머릿속은 텅 비워진 채 오로지 거친 숨

결만 느껴진다. 그렇게 심장이 터질 듯한 격렬함으로 머릿속의 잡념이 소각된 연후라야 비로소 앞에 펼쳐진 대자연과 합일되는 쾌감을 맛볼 수 있다. 산행이 격할수록 합일의 감흥은 더 깊고 넓어진다. 방 시인에게 그 절정이 2002년 여름의 백두대간 종주다.

백두대간을 떠올리자마자 그는 물불 가리지 않는 열정으로 휩싸였다. 남편은 단호히 고개를 저었지만 방 시인은 은밀히 종주 장비를 사들였다. 한 가지씩 몰래 옥탑방 창고에 숨겼다가 출발 전날 비로소 배낭을 꾸렸다. 하지만 아무리 은밀히 준비했다 해도 같은 집에 사는 남편이 모를 리 없었다. 마무리 준비를 위해 출타했다가 귀가해 보니 배낭이 보이지 않았다. 남편이 창밖으로 내던진 배낭을 딸아이가 울면서 끌고 올라왔다.

혹여 빼앗길까 싶어 배낭을 끌어안고 현관 모퉁이에서 쪼그린 채 밤을 지새운 후 그는 기어코 백두대간 종주 길에 올랐다. 6월 17일~7월 26일 40일에 걸쳐 총연장 680km(실거리 약 800km) 백두대간 연속종주를 했다. 절친이었던 시인, 산악인, 만화가까지 4명이 의기투합했다.

대개 백두대간 종주는 40여 회에 걸쳐 한 구간씩 나누어서 하는 것이 일반적이지만 그의 일행은 열흘에 한 번씩 식량 지원을 받으며, 산 아래로 내려오지 않고 오로지 산중에서 천막 치고 숙식하며 걷는 독한 방식을 택했다. 천막에다 침낭, 매트리스며 버너, 코펠과 같은 장비, 열흘 치의 식량까지 지고 걸어야 했다. 당연히 배낭은 갑절 더 무거웠고, 간혹 드러나는 단절은 깊었으며, 그러다 이루어지는 사람, 혹은 자연과의 해후는 극적이었다. 그 40여 일의 백두대간 종주 내내, 방 시인은 간혹 혀끝을 내밀어 영롱한 아침이슬을 건드려 보기도 하며, '산도 나도 아무 말이 없어지는' 절대 침묵의 순간과도 마주하며 시적 감성을 벼리었다.

강원도 주최 백일장 입선을 시작으로 2010년 <심상>지를 통해 등단한 다음 2014년 첫 시집 『매화꽃 펴야 오것다』에 이어 『가슴으로 사는 나무』, 『물고기 화석』, 그리고 이번의 시집 『산에 안부를 묻다』에 이르기까지 방 시인의 시적(詩的) 행로는 이러한 그의 산행과 궤적을 같이한다. '바람 따라 천 리를/ 휘돌아도 먼 줄 몰랐'던 힘의 원천이 산이다. '땅과 하늘 사잇 길/춤을 추듯' 그렇게 인생길을 갈 수 있는 여유를 터득한 곳도 산임을 방 시인은 고백한다. 수많은 그의 시들이 산에서, 물불 가리지 않고 나섰던 백두대간 종주에서 발아했다.

그는 40일의 백두대간 종주를 티베트 불교 수행자들의 오체 투지 성지 순례에, 이태 전 펴낸 종주 기록서 <백두대간, 네가 있어 황홀하다>를 수행자의 고행록에 비유한다. 그의 종주 기 록서를 보면 그 말이 과장이 아님을 실감할 수 있다.

대학산악부에서 알파인 등산 교본을 기본으로 산을 배운 필자의 입장에서 보자면 방 시인 일행의 백두대간 종주는 상당히 결이 다른 방식이다. 아마도 산행 리더였던 이의, 최소한의

장비와 식량으로 자연과 동화하며 나아간다는 등산관 때문이 아닐까 싶다. 아무튼 폴대와 플라이를 제대로 갖춘 정식 텐트가 아닌 천막 한 장만으로 버티다 보니 몰아치는 비바람에 침낭이 흠뻑 젖다 못해 발치께가 물이 흥건해지는 날도 있었다. 귀신이 나올 것 같은 산신각에서 자는 날은 복 받은 날이었다.

허리가 접히는 배고픔과 목 안 깊은 곳까지 타들어 가는 듯한 갈증은 거의 일상이었다. '고개를 숙이면 모자챙 끝으로 땀방울이 낙숫물 떨어지듯 했고, 배낭 어깨끈을 쥐어짜면 흠뻑 젖었던 땀이 한 종지'는 나왔다. 습기로 인해 불어 터진 허벅지 안쪽이 서로 쓸리는 고통에서 벗어나고자 붕대를 칭칭 동여매고 걸었다. 일정을 맞추기 위해 툭하면 야간 등행을 이어갔고, 종내는 '나뭇가지가 조금만 잡아채도 맥없이' 넘어졌다. 굶주림에 지쳤다가 지원조가 가져온 음식을 배부르게 먹으며 어린아이처럼 그렁그렁 눈물이 고여 떨어지기도 했다.

그야말로 '물 없는 저 산에/노를 저어 오르듯'(김현승의 [理想] 중) 오르고 또 오른 백두대간 연속종주라는 엄청난 고난을 견딘 후 그는 '오직 가늘게 빛나는 정신적 풍요만 있을 뿐'이라고 일갈한다. '산이 궁금하다는 것은 내 안의 나, 내가 궁금한 것'이라는 선적(禪的) 자각에까지 다다른다.

집에 있든 어딜 가든
공연히 산이 궁금하다

일하다가도
괜히 산을 간다

산에 들면
뜬금없이 무심하다

산이
궁금하다는 것은

내 안의 나,
내가 궁금한 게야

　　　　　　　　　　　　　　－「산에 안부를 묻다」 전문-

　태백산의 거대한 주목 앞에서 저 주목처럼 살아 천년, 죽어 천년 가는 시를 쓰게 해달라고 서원을 담아 삼배를 한 그다. 이번 시집에도 「무당벌레 보면 떠오르는 풍경」과 같은, 그의 대간 종주 체험에서 자아낸 시편이 여럿 뵈는 것으로 보아 그에게 백두대간은 20여 년 지났어도 현재진행형이다.

　이미 50년쯤 전인 1970년대 중반 대학산악부 시절이지만, 필자도 백두대간 연속종주를 겨울에 해본 경험이 있다. 방 시인이 했던 기간과 비슷하게 40여 일을 산중에서만 보냈다. 3명 1조씩 남북으로 나뉘어 한 조는 북에서 남으로, 한 조는 남에서 북으로 종점 대관령을 향했다. 식량 지원조 외엔 아무도 만나는 이 없이 텐트 안에서만 먹고 자며 눈 깊은 설릉을 끝없이 걸었다.

40여 일 후 최종점인 대관령휴게소에 내려섰을 때 가장 먼저 조우한 것은 문명사회의 규율이었다. 소피가 마려운데, 저기 광장 구석의 화장실을 찾아가야 한다는 게 그렇게 어색했다. 뭔가가 나를 휘감아 조여오는 느낌이었고, 숨이 막히는 듯했다. 그 순간 발걸음을 돌려 다시 산속으로 들어가고 싶었다. 예민한 감성의 시인에게 백두대간 40여 일의 탈 문명적 극한 체험과 그것이 준 자극은 아마도 평생토록 소중한 시적 자산으로 일관할 것이다.

　방 시인은 백두대간 후 몸과 마음에 날개를 달았다. 아프락사스적 탈피를 이룬 그는 남편에게 선언했다. 산으로 가는 나를 잡으면 집을 떠나겠다고. 그 후 해외 원정 산행을 매년 거르지 않고 한 차례 이상 다녀왔다. 이들 원정 산행을 통해 「알라르차 계곡」, 「바람기둥」과 같은 일련의 시들을 잉태할 수 있었다.

　어릴 적 우리 집 앞은 널찍한 신작로였다. 거친 흙이 깔린 신작로 바닥의 그것이 사금파리인지 깨진 유리구슬인지는 모르지만, 그것이 햇살, 혹은 가로등 빛을 어느 순간 반짝하고 반사하며 내뿜는 광채와 같은 강렬함이 나에겐 시의 시다움을 구별하는 한 잣대다. 나는 고난의 백두대간을 마친 방 시인의 시에서 종종 그런 광채를 본다. '시원함이여/종에서 떠나가는/종소리'(부손)와 같은 하이쿠적 명징함이 간혹 그의 시에서 느껴지는 소이다.

2. 詩와 바다

서해의 당진에서 태어나 청소년기까지, 그리고 동해의 양양에서 육순을 넘긴 지금에 이르기까지 그의 삶과 시를 일관하는 것은 산만이 아니다. 산이 열애의 대상이었다면 바다는, 그리고 '바지랑대 가까스로/찾아드는 철새 떼 아직/떠나지 않은 노을'(「노을 역」)이 선연하던 고향 당진 바닷가마을은 태중에서부터 서서히 온몸을 채운, 대물림으로 받아들여야 했던 숙명이다. 하여, 산과 시가 그러하듯 방 시인에겐 바다 또한 시와 분리 불가능한 광역의 교집합을 이루고 있다. 종종 산과 바다가 하나의 심상으로 시에서 합쳐지기도 한다.

산의 높이는 실은 저 아래 절대 어둠 속 깊고 깊은 해구에서부터 재야 한다. 거기로 내려갈 수는 없으니, 가끔 고산 등반을 해수면에서부터 시작한다.

한국인 최초로 히말라야 8,000m 14좌를 무산소 완등한 산악인 고 김창호는 2013년 'From 0 to 8848 Everest'이란 기치를 내걸고 인도 해안지방부터 8848m 세계 최고봉 에베레스트 정상을 향한 등행을 시작, 수십 일에 걸친 고된 여정을 이어갔다. 헬기를 타고 베이스캠프에서 베이스캠프로 옮겨가는 인스턴트식 등반을 거부하고 해수면에서부터 우직하게 더디어 나아간 그의 '씨투써밋(sea to summit)' 등반은, 지구는 산과 바다로 이분된 것이 아니라 일체화된 하나의 존재라는 사실을 재삼 지구촌 사람들에게 일깨워주었다.

방 시인은 산과 바다를 아우른 삶을 살아오며 진즉에 그러

한 자각에 이른 듯하다. '히말라야 설산 들어서면 바닷가/따개
비 기어 다니는 소리 들리고/티베트 광야 지날 때/뜬구름에 물
고기 비린내 난다.'(「바람이려오」)라고 노래한다. 그에게서 산
과 바다는 '히말라야 봉우리이었다가/백두대간 능선이었다가/
섰다 지고 지고 서/끝없는 너울/저 한 물결/나도 섰다 가는 생
이라(「섰다 지는 물결 같이」)'와 같이 합일된다. '모래벌판에
파도가 만드는 산봉우리/바다에서 산을 만나 종일' 걷기도 하
고 '봉우리를 따라 걷다 보니/킬리만자로 히말라야 설악산'이
라 읊은 그에게 산과 바다는 따로따로가 아니다. 그에게 산과
바다는 시와 궤적을 같이하며, 혹은 교차하며 시적 감흥의 진
폭을 배가시켜주는 존재다.

그의 내면에서 산과 바다가, 천지가 융합하는 일련의 과정
은 그러나 억지스럽지 않다. 산에서 바다를 보고, 바다에서 산
을 보게 되며 그는 더욱 자유스러워지고, 종내는 절대를 향해
시선을 둔다.

'산에 가고 싶다는 것/산에 간다는 것/그것은 그분에게로 가
고 있다는 것/하지만 그분은 거기 없고…(중략)…더듬더듬 산
속으로 들어가면 갈수록/그러나 내 안에는 또 한 산/능선이 파
도치듯 일어서는 그리운 산'(「산」)의 그분은, 현실의 사람이거
나 산이 아니라 피안의 그 무엇을 상징함이 분명하다.

3. 詩와 사람

삶은 종종 무지원 단독 백두대간 종주에 비교해야 할, 고난과 외로움으로 점철되는 여정이다. 하지만 방 시인은 이제 좌절을 보이지 않는다. 아무렴. 백두대간 40일 연속종주를, 그것도 그 누구보다 혹독한 방식으로 해낸 사람 아니던가. 종주 31일째 남편이 아들과 같이 백두대간 중간의 고갯마루인 댓재로 찾아오며 부부간의 극적인 화해도 이루었다. 하여, 이제 삶에 지칠 법도 한 황혼기이건만 '길게 널린 빨랫줄/사지가 바람에 자유롭다'라며 자유와 환희를 노래한다.

그가 백두대간을 동행했던 시인은 실은 단순한 시우(詩友)가 아니라 스승이라 부르는 고 최명길 시인이다. 그의 삶에서 스승 최명길의 좌표는 늘 중심부였다.

동엽령을 지나 덕유산 긴 능선을 걷는 내내 폭풍우가 몰아쳤다. 지친 방 시인은 결국 무거운 배낭을 멘 채 그만 등산로 난간 너머로 내동댕이쳐지고 말았다. 6월이었지만 몰아치는 폭풍우에 몸이 얼어와 어쩔 수 없이 공사 중인 향적봉대피소에 가 누웠을 때 인제 그만 포기하고픈 그를 다시 일으켜 세운 것은 '폭풍우 속 한기를 뜨겁게 달구는 듯한' 스승 최명길의 즉흥시 낭송이었다.

방 시인에게 자연과의 맞닥뜨림이 삶을 바라보는 시선의 높이를 고조시키는 x축이라면 사람과의 부대낌은 삶의 지평을 규정하는 y축이다. 그 x축과 y축이 교차하며 이를테면 방 시인의 삶에 대한 이해나 시 세계의 넓이를 이루는 것이겠다.

'꽃이 필 때 우주의 힘/꽃으로 달려들 듯' 낳은 딸의 딸-손녀를 보며 방 시인의 y축은 순식간에 양양 앞바다 저 멀리까지로 확장된다. '방 안 가득 지독한 노린내/독한 약으로 소피가 핏빛'이었던 어머니로부터 자신을 거쳐 손녀에 이르기까지 누대에 걸친 삶의 전개는 곧 그에겐 기나긴 인생 백두대간이며 수평선까지 뻗어 나간 y축이다.

딸이 맡긴 두 손녀에 일상이 묶여버린 요즈음 방 시인은 그 좋아하는 낮술은커녕 저녁 술도 제대로 즐기지 못하지만, 손녀들이 주는 행복감이 그 모든 것을 상쇄해버린다. 양양 방 시인의 집은 엘리베이터가 없는 건물 4층이다. 같이 산책하러 나갔다가 돌아올 때면 두 손녀는 계단 중간에서 투덜거린다. 할머니, 힘들어. 우리 2층으로 이사하면 안 돼? 그러는 손녀들을 어르고 달래어 4층까지 인도하며 방 시인은 말한다. 4층에서는 너희가 좋아하는 바다가, 할머니가 좋아하는 산이 보이지 않니.

어려서 나무할 때부터 신새벽에 잠이 깨는 것이 습관이 된 방 시인은 눈을 떴어도 자리에서 일어나지 않고 앉아 두 손녀를 기다린다. 창에 햇살이 비추어 들기 시작할 무렵 잠에서 깬 두 손녀는 한꺼번에 달려와 양팔에 한 녀석씩 안긴다. 詩처럼.

산에 안부를 묻다

초판 1쇄 인쇄일	│ 2024년 10월 18일
초판 1쇄 발행일	│ 2024년 10월 25일
지은이	│ 방순미
발행처	│ (재)당진문화재단
	충청남도 당진시 무수동 2길 25-2
	Tel 041-350-2911 Fax 041.352.6896
	https://www.dangjinart.kr/
펴낸이	│ 한선희
편집/디자인	│ 정구형 이보은 박재원
마케팅	│ 정찬용 정진이
영업관리	│ 한선희 이민영 한상지
책임편집	│ 이보은
인쇄처	│ 으뜸사
펴낸곳	│ 국학자료원 새미 (주)
	등록일 2005 03 15 제25100 · 2005 · 000008호
	경기도 고양시 덕양구 권율대로656 원흥동 클래시아 더 퍼스트 1519,1520호
	Tel 02)442 · 4623 Fax 02)6499 · 3082
	www.kookhak.co.kr
	kookhak2010@hanmail.net
ISBN	│ 979-11-6797-197-5 *03810
가격	│ 12,000원